AF290534

Janet Möller

Wie be-sch...kann ein Jahr sein

authentisch

Verlag und Druck: tredition GmbH, Grindelallee
188, 20144 Hamburg

ISBN
Paperback: 978-3-7439-8223-9
Hardcover: 978-3-7439-8224-6
e-Book: 978-3-7439-8225-3

„Wie besch… kann ein Jahr sein"

authentisch

von Janet Möller

Es gibt Menschen, die der Meinung sind, dass es hilft, wenn eine Person über ihren Kummer spricht.

Da ich dieses Jahr gefühlt öfter geweint und geflucht habe, als gelacht und mich gefreut habe, dachte ich mir, ich versuche es mal mit schreiben…

Ich habe mir dieses Jahr so viele Gedanken um Krankheiten, Leid, Tod und Ungerechtigkeiten gemacht bzw. machen müssen, dass es mich bis heute erschreckt, wie schnell das Leben doch vorbei sein kann und wieviel Angst mir mein eigenes Leben einflößt.

Wut, Ärger, Zweifel, Trauer …alles war vertreten.

Das Jahr von dem ich schreibe, ist das Jahr 2015…

Es fing Weihnachten 2014 an.

Wir, dass heißt meine Tochter, mein Mann und ich waren über Weihnachten bei unseren Eltern, Geschwistern und meiner Oma P. zu Besuch in Potsdam (etwas 270km Entfernung von unser zu Hause), auch meine andere Oma aus Stendal war zu Besuch.

Am 1. Weihnachtsabend haben mein Mann, meine Eltern und meine Oma S. (Oma S. daher, da meine Schwester und ich als Kinder immer „Oma Potsdam" und „Oma Stendal" gesagt haben) zusammen bei meinen Eltern Rommee gespielt (meine Tochter schlief bereits), es war lustig und wir haben meine Oma S. sogar beim schummeln erwischt.

Als ich so gegen 23 Uhr im Bett lag, hörte ich ein lautes undefinierbares lautes Klopfen (ich höre es noch heute). Ich wollte mich erst aufregen, so nach dem Motto „was machen die denn jetzt für ´nen Krach". Ich wollte nicht, dass meine Tochter aufwacht. Dann wiederholte sich das Klopfen in genau demselben Rhythmus und Lautstärke.

Ich bin mir nicht sicher warum, aber mir war sofort klar, dass hier etwas nicht stimmt. Ich sprang regelrecht aus dem Bett und ging ins Wohnzimmer, wo mein Mann mit meinen Eltern quatschte, sie hatten das Klopfen wohl nicht gehört. Ich fragte nur erschrocken „Wo ist Oma?"… „hier stimmt was nicht"… Sie war im Bad, wir haben die Tür zum Badezimmer erst gar nicht aufbekommen… dort lag sie auf dem Boden und wimmerte nur leise „Hilfe"…. Wir dachten zunächst, sie wäre ausgerutscht und dann gefallen, doch als wir sie aufrichten wollten, war vor allem meinem Mann, der sie von vorne hoch helfen wollte und ihr in die Augen sah, sofort klar , dass dies nicht so war.

Dann ging alles sehr schnell, mein Papa rief den Notarzt an ... meine Mama (ihre Tochter) hat die Füße hochgelagert und ich habe ihre Hand gehalten und gestreichelt und versucht laut und deutlich mit ihr zu sprechen, man handelt irgendwie reflexartig – Gebiss raus genommen, ohne darüber nach zu denken, unsere Vornamen wiederholt laut und deutlich gesagt, dass wir bei ihr sind… doch es war zu spät…

Als der Notarzt eintraf, haben sie alles Mögliche getan, um ihr zu helfen…Sie nahmen sie im Krankenwagen mit und meine Eltern fuhren hinterher.

Mein Mann und ich räumten den Plastikmüll, leere Kanülen etc. – was die Rettungskräfte hinterlassen haben – weg.

Sie verstarb im Krankenwagen….

Es war wohl das Herz, aber wir werden es nie genau wissen…

Nun bring mal am nächsten Morgen deiner 6-jährigen Tochter bei, dass die Tick-Tack-Oma, mit der sie gestern noch gehäkelt hat, nicht mehr da ist. Ich habe es ja selber nicht verstanden.

Am morgen, als ich es meiner Tochter erzählte, meinte sie nur, „dann ist sie ja jetzt bei Opa".

In dieser Nacht hatte es zu schneien begonnen.

Ich weiss gar nicht mehr genau wer es war, ich glaube meine Mama und meine Tochter bauten an diesem Morgen einen Schneemann namens „Oma Hilde".

Es ist erstaunlich, wie Kinder damit umgehen.

Mein Opa (der Mann meiner Oma) ist auch an Weihnachten (24.12.2006) verstorben, ich glaube er hat sie zu sich geholt – vielleicht wollte er Weihnachten, wo auch immer er ist, nicht mehr ohne sie sein - ein kleiner Trost …

Der Tag der Beerdigung war ein schwerer emotionaler Tag für mich.

Es war der 21.01.2015.

Zum einen hatte an diesem Tag meine Tochter ihr 1. Zeugnis bekommen, wo ich nicht da sein konnte und zum anderen sind Beerdigungen einfach sch… .

Es hat geschneit an diesem Tag.

Ich bekomme noch heute dieses „Klopfen" nicht aus meinem Kopf.

Freitag der 13.02. – was soll schon passieren, für mich immer ein Tag wie jeder andere auch – passiert ja auch viel „schlechtes", wenn es nicht Freitag der 13. ist.

Aber es sollte anders sein – Wasserrohrbruch im Keller.

Konnten wir echt gut gebrauchen.

Was macht man dann in einer solchen Lage Freitag abends, natürlich den Notdienst für solche Fälle anrufen … dieser kam und das Wasser war erstmal weg und natürlich auch gleich etwas Geld… .

Er empfahl uns die Rohre zu überprüfen (am besten mit einer Kamera) – natürlich kümmert man sich und ruft regionale Firmen an und holt Kostenvoranschläge ein und vereinbart einen Termin.

Nur dumm, dass die Firma die kam, gar nicht regional war und bereits eine bekannte Betrügerfirma war. Mein Mann wurde „stutzig", als sie 900 Euro in Bar (!) haben wollten, als sie zu der Vermessung gekommen sind und meinten noch, dass sie vorher nicht gehen würden, mein Mann könne ja bei den Nachbarn fragen, ob sie ihm das Geld leihen etc. .

Natürlich tat mein Mann dies NICHT!

Ich war nur froh, dass mein Mann an diesem Tag zu Hause war und nicht ich.

Mein Mann recherchierte viel und fand so einige Artikel und auch Fernsehberichte über diese Firma.

Es war ein langes Hin und Her - auch mit Einschaltung eines Anwalts – dank diesem haben wir von dieser Firma nie wieder etwas gehört und bezahlten die 900 Euro natürlich nicht!

Wir haben noch eine gute Firma gefunden, die uns alles reparierte etc. (auch denen war die Betrügerfirma schon bekannt).

Im März kam mein Schwiegervater ins Krankenhaus, er hatte wohl Wasser in der Lunge. Nach langer Zeit im Krankenhaus und der anschließenden Reha ging es ihm besser und er dürfte wieder nach Hause.

Obwohl ich aus sehr unterschiedlichen Gründen (auf die ich hier nicht eingehen möchte) kein gutes Verhältnis zu meinem Schwiegervater hatte, war ich dennoch froh und erleichtert darüber, dass es ihm damals besser ging….

Ostern 2015

Wir waren über die Osterfeiertage bei unseren Eltern in Potsdam und es ging meiner Mama sehr schlecht, sie hatte wahnsinnige Bauchkrämpfe, so dass sie kaum noch stehen oder sitzen konnte. Mein Papa und ich sind dann spät abends mit ihr zur Notaufnahme gefahren und das war auch gut so.

Sie wurde am Magen in der Nacht notoperiert (Magendurchbruch).

Wären wir nur eine Stunde später ins Krankenhaus gefahren… ich weigere mich, daran zu denken!!

Auch das erkläre mal deiner Tochter, dass Oma am nächsten Morgen (Ostersonntag) nicht zum Eiersuchen dabei sein kann, obwohl sie gestern Abend doch noch da war.

Meine Mama hat alles gut überstanden. Dafür bin ich unendlich dankbar!

Ich fing an mich zu fragen, was kommt als nächstes???

Sommer 2015

Mittwoch, der 15.07.2015 kurz vor Feierabend, kommt ein Anruf der Schule meiner Tochter: „Frau Möller wir mussten mal so eben den Notarzt rufen"

Meine Tochter sei irgendwo runtergefallen und „Elle und Speiche sind verschoben"…

Puhh , atmen…

Die Frau meines damaligen Chefs hat mich netterweise sofort zu Schule gefahren.

Als wir an der Schule ankamen saß meine Tochter im Krankenwagen und ihre Klassenlehrerin war die ganze Zeit bei ihr – Danke!

Wir sind dann sofort los ins Krankenhaus.

Diagnose: geschlossene Unterarmfraktur links (Bowing-Fracture der Ulna und Radiusschaftfraktur)

OP: geschlossene Reposition und antegrade Nagelosteosynthese Radius (2,0 mm K-Draht)

Es ist alles gut verlaufen, sie steckte das sehr gut weg.

Das einzige, worüber sich meine Tochter Gedanken gemacht hat und sie nervte war, dass sie erstmal kein Sport machen dürfte.

Die Entfernung des Drahtes gestaltete sich dann jedoch als sehr spannend (das meine ich natürlich ironisch), da das

Krankenhaus 2 mal!!! den OP-Termin dafür kurzfristig- das heißt ein Abend vorher - verschoben hat.

Als der Termin zum 3. Mal verschoben werden sollte, bin ich – sagen wir mal so-leicht durchgedreht…

Bei diesem geplanten 3.!! Termin hieß es, ich solle ein Tag vorher nochmal anrufen, um mir den Termin bestätigen zu lassen. Dies tat ich auch ganz vorbildlich im Laufe des Vormittags – „Ja, der Termin findet wie geplant statt"…super…

Denkste….

Als ich nach Hause kam, hatte ich eine Nachricht auf meinem Anrufbeantworter – natürlich vom Krankenhaus –

Sie müssen den Termin absagen, da der OP gesperrt sei ….

???

Es war natürlich schon nach 16 Uhr, da erreiche mal noch jemandem im Krankenhaus…

Ich sofort angerufen und mir wurde gesagt, dass die geplante OP nicht stattfinden könne, da kein Anästhesist da ist …

???

Ja, was den nun? – OP gesperrt oder kein Anästhesist anwesend??

Ich solle die Beschwerdestelle anrufen, da sie mir nicht mehr sagen konnte.

Dies tat ich, natürlich war keiner mehr zu erreichen, nur der AB – da habe ich erstmal mein Dampf abgelassen und alles raufgesprochen was mir dazu einfiel….

Ich meine, das war auch für meine Tochter ´ne sch… Situation- jedes Mal stellte sie sich darauf ein, dass sie ins Krankenhaus muss, um operiert zu werden und dann doch nicht. Davon abgesehen, dass ich jedes Mal den Tag plane: also von der Arbeit frei nehmen muss und in der Schule meiner Tochter bescheid geben muss, die Klassenlehrerin meiner Tochter hat sich bestimmt auch schon gewundert - erst gibt s ´nen Zettel mit, dass meine

Tochter am nächsten Tag wegen der OP nicht kommt und dann ist sie doch anwesend…

Ich blieb hartnäckig und telefonierte weiter und bestand darauf, dass ich „nach oben" durchgestellt werde – wer auch immer noch zu sprechen ist… Bin dann in einem Sekretariat von einem Chefarzt gelandet, wo ich nochmal alles berichtet … Sie versprach mir, mich zurückzurufen…

Das tat sie auch (so gegen 19 Uhr) und siehe da- die OP kann doch wie geplant stattfinden.

Nur auf einer anderen Station…

Am 24. September hat meine Tochter Geburtstag.

Wie sollte es auch in *diesem* Jahr anders sein, die Nacht vom 23. 09. zum 24.09. verbrachte ich im Krankenhaus.

Mir ging es an dem Mittwoch dem 23.09. so gar nicht gut … irgendwie Kreislaufprobleme, total schwach auf den Beinen, kein Appetit (hab auch nichts runter bekommen)… wurde zunehmend schlechter. Ich war morgens auch beim Allgemeinarzt , da hieß es erstmal „abwarten" und schonen. Ich wurde krankgeschrieben (natürlich zur „Freude" meines „Arbeitgebers", ich bin echt immer da – komme sogar mal in meinem Sommerurlaub für ein Tag zur Arbeit wegen Unterbesetzung, aber wenn ich mal ausfalle, bekomme ich gleich ´nen doofen Spruch – mittlerweile stehe ich darüber. Aber ist es nicht ätzend, dass man sich immer rechtfertigen muss, wenn man mal was hat?)

Sowas kenne ich nicht von mir. Bis auf mal ´nen Schnupfen und Husten bin ich so gut wie nie krank.

Zum Abend bekam ich Magenkrämpfe, alles zog sich zusammen. Ich konnte nicht mehr gerade stehen.

Ich konnte auch den Geburtstagstisch für meine Tochter nicht fertig machen.

Als ich im Bett lag, ging gar nichts mehr …natürlich war mein Mann an diesem Abend beim Sport, ihn habe ich telefonisch nicht erreichen können.

Ich rief dann eine gute Freundin von mir an, die gleich ein paar Straßen weiter wohnt. Ihr Partner war auch gerade beim Sport, kam jedoch früher als mein Mann nach Hause. Sobald ihr Partner da war, kam sie rüber und hat sich lieb um mich gekümmert. Als mein Mann schließlich zu Hause war, ist sie mit mir ins Krankenhaus gefahren… dort lag ich ´ne Weile im Wartebereich, bis jemand kam (war ja kein Notfall!). Ich bekam dann gleich eine Infusion und mir ging es schlagartig besser…Meine Freundin habe ich nach Hause geschickt, sie hatte am nächsten Tag Frühschicht und musste um 6 Uhr zur Arbeit (Danke, dass du da warst!!)

Nachts um 3 Uhr habe ich mich selber entlassen… schließlich hatte meine Tochter doch Geburtstag.

Ich rief mit ein Taxi und fuhr nach hause, hab mich schlafen gelegt und die Freude meiner Tochter war ganz groß, dass ich doch zu Hause war.

Ich war immer noch schlapp und es ging alles nur langsam voran, aber es wurde stündlich besser, so dass wir am Nachmittag ihren Geburtstag feiern konnten.

Vielleicht hatte mein Körper genug, von dem ganzen Stress und brauchte mal ´ne Pause…

In diesem Jahr gab es auch Schicksalsschläge, die mich getroffen haben.

Von einer sehr guten Schulfreundin (haben noch Kontakt- jedoch leider viel zu selten) ist die Mama mit Anfang 50 im Februar 2015 verstorben.

Von einem Freund (leider kaum noch Kontakt) von meinem Mann und mir ist auch der Papa im Februar 2015 verstorben.

Wir waren in Gedanken bei Euch!!!

Zu diesem ganzen Sch.. kommt auch noch der übliche Alltag.

Vor allem war für mich auch meine „Arbeitssituation „ schwierig und sehr nervenauftreibend und ich wollte nur noch eins – eine neue Arbeitsstelle.

Ich bin gelernte Arzthelferin (heute nennt man das ja Medizinische Fachangestellte) und habe ein Studium zur Fachwirtin im Sozial- und Gesundheitswesen mit Prüfung der IHK erfolgreich absolviert.

Im Jahr 2015 war ich bereits 12 Jahre in der gleichen Praxis tätig. Ich habe diesen Job sehr gerne gemacht und bin immer super mit den Patienten ausgekommen und habe auch unwahrscheinlich viel gelernt, also nicht nur das was die Arbeit betrifft, sondern viel Menschliches. Umso schwieriger wurde es für mich, dass das bestandene Team immer mehr bröckelte… Zum Schluss war es kein Team mehr (zumindest aus meiner Sicht), sondern das Team bestand fast nur noch aus Egoisten - „Hauptsache ich…"

Es war für mich unverständlich, warum von einigen Kollegen alles erwartet wurde und von anderen nicht bzw. einige Kollegen sich vor bestimmten Aufgaben „gedrückt" haben und es von der „Chefetage" einfach so hingenommen wurde.

Auch hatte ich kein Verständnis mehr dafür, wenn andere ´ne Woche „krank sind" oder „krank machen" (je nach dem) wegen Schnupfen und Husten (und dies in regelmäßigen Abständen! – ich glaube solche Kollegen kennen viele -) , dass viel hinter dem Rücken des Jenigen gesprochen und sich aufgeregt wurde, es dann doch aber immer wieder hingenommen wurde, aber wenn ich mal 1 oder 2 Tage (im Jahr!) ausfiel, war ich gefühlt der „letzte Arsch" - so nach dem Motto : „So lange man funktioniert ist alles gut".

Oder wenn meine Tochter krank war (was zum Glück echt selten war – außer sie fährt mit dem Schlitten gegen eine Bank und trifft diese mit ihrer Nase (mussten zum HNO) oder sie bricht sich den Arm und selbst da ging sie am Tag nach der OP wieder zur Schule) wurden auch nur die „Augen verdreht" – so nach dem Motto „schon wieder krank"….echt zum kotzen so ein Verhalten….

Ich war dort in dieser Praxis wirklich gerne, aber menschlich gesehen, war es kein schönes arbeiten mehr.

Nun – nach dem ich ein neuen Arbeits-platz habe – kann ich nur sagen, ich habe alles richtig gemacht. Es war die beste Entscheidung für mich zu gehen. ☺

Natürlich hatte ich in diesem Jahr auch schöne Tage, aber irgendwie waren diese Tage immer damit überschattet mit dem Gedanken, was kommt als nächstes?

Und das ist noch heute so….

Was ich am älter werden hasse ist, dass man immer mehr Menschen verliert.

Jetzt haben wir 2017 und was soll ich sagen…wirklich leichter ist es nicht geworden.

Mein Schwiegervater ist im Februar 2017 verstorben.

Meinem Papa geht es gesundheitlich auch nicht so gut …

Viele Dinge in meinem Leben sehe ich seit 2015 (vielleicht liegt es auch am Alter☺) mit anderen Augen und ich versuche mich nicht mehr so viel über „Kleinigkeiten" aufzuregen.

Ich bin gelassener geworden. Und das in verschiedenen Alltagsdingen:

Wie zum Beispiel:

Kommt die Bahn später, kommt sie halt später – das nervt mich zwar, aber ich kann es eh nicht ändern. Oder wenn die Bahn mir vor der Nase wegfährt, weil die Ampel einfach nicht auf grün schalten will.

Geht was im Haushalt kaputt, ist es halt so … Zum Sparen komme ich eh nicht …sobald etwas „angespart" ist, geht eh irgendetwas kaputt.

Schläft meine Tochter in der Woche nicht vor halb 10 Uhr abends - ist es halt so- ob ich mich darüber aufrege oder nicht, sie schläft doch eh nicht eher, also lieber Energie sparen und ne Runde mit ihr quatschen, lesen oder so ☺ Da haben alle mehr davon. Solange sie morgens fit ist, ist doch alles gut.

Auch im Haushalt – wer putzt schon jeden Tag seine Küche oder saugt sein Wohnzimmer? (ok- es gibt bestimmt einige ☺) aber wem es bei mir stört, kann gerne rumkommen und diese Dinge erledigen.…

Ist die Schokolade im Kühlschrank alle (was echt ärgerlich für mich ist ☺) – freu ich mich über eine schokoladenfreien Tag und hole am nächsten Tag Nachschub.

Sollen die anderen sich doch aufregen.

Mein Lebensmotto zur Zeit ist: **Es ist, wie es ist.**

Und es gibt immer einen Plan A und einen Plan B und manchmal auch einen Plan C….

Jetzt wird es einige von Euch / Ihnen geben, die denken: Und nun? Warum hat sie das aufgeschrieben? Es gibt Menschen, denen passieren viel schlimmere Dinge…

Ja, dass stimmt!!!

Es passieren immer schlimme Dinge, die jeder von uns erlebt…..

Schicksalsschläge passieren immer und treffen leider auch jeden auf unterschiedliche Art und Weise.

Wie viele bekommen z.B. Lungenkrebs ohne jemals eine Zigarette geraucht so haben.. oder auch Unfälle- wie viele Unfälle passieren täglich?

Mein Cousin ist mit 18 Jahren an einem Autounfall verstorben – warum musste das passieren?

Ich stelle mir viel zu viele Fragen, über das Warum und Wie über die Dinge, die in meinem persönlichen Leben und auf der Welt geschehen. Antworten werde ich wohl nicht finden….

Ich habe Anfang 2017 angefangen zu Laufen, dass ist für mich ein gutes Ventil und es tut mir gesundheitlich gut.

Kleine Strecken von 5 bis 7 km laufe ich auch an Wettbewerben und ich bin dabei gar nicht so schlecht ☺ Zwar zähle ich in der Gruppe W35 schon zu den Seniorinnen, aber es ist erstaunlich was ich schaffen kann mit tollen Ergebniszeiten.

Ein Dank auch an meinem „Trainer" und „Motivator" ☺

Ich bin der Meinung, dass die Zeit vielleicht die Wunden heilt, aber es verbleiben immer Narben!

Was passiert als nächstes… ?